ALFAGUARA

INFANTIL

ALFAGUARA INFANTIL

ALFAGUARA

© Del texto: 1993, Ivar Da Coll
© Del las ilustraciones: 1993, Ivar Da Coll
www.ivardacoll.com
© De esta edición:
2006, Distribuidora y Editora Aguilar, Altea, Taurus, Alfaguara, S.A.
Calle 80 No. 10-23
Teléfono (571) 639 60 00
Telefax (571) 236 93 82
Bogotá – Colombia
www.santillana.com.co

• Aguilar, Altea, Taurus, Alfaguara, S.A.
Av. Leandro N. Alem 720 (C1001AAP), Buenos Aires
• Santillana Ediciones Generales, S.A. de C.V.
Avda. Universidad, 767. Col. Del Valle,
México D.F. C.P. 03100
• Santillana Ediciones Generales, S.L.
Torrelaguna, 60.28043, Madrid

ISBN 958-704-372-3
Impreso en Colombia

Primera edición en Colombia, noviembre de 2004
Segunda reimpresión de la segunda edición, octubre de 2008

Diseño de la colección:
Manuel Estrada

Hamamelis, Miosotis y el señor Sorpresa

Ivar Da Coll

Ilustraciones del autor

ALFAGUARA

Hamamelis fue a visitar a Miosotis.
Se dieron un fuerte abrazo,
como hacen los buenos amigos,
y se sentaron a conversar.

–Hola, Miosotis.
–Hola, Hamamelis.

Se sirvieron
dos tazas de cacao caliente,
porque hacía frío,
y comieron galletas de mazapán.

Entonces, Miosotis dijo:
—Me siento triste porque mi pantufla
se ha puesto tan vieja, tan vieja,
que ya tiene un agujero.

Hamamelis miró la pantufla con atención
y luego dijo:
—Ahhh… ésa es una buena razón
para sentirse triste.

Cuando acabaron de charlar
y de tomar cacao,
Hamamelis se despidió de Miosotis…

…y se marchó.

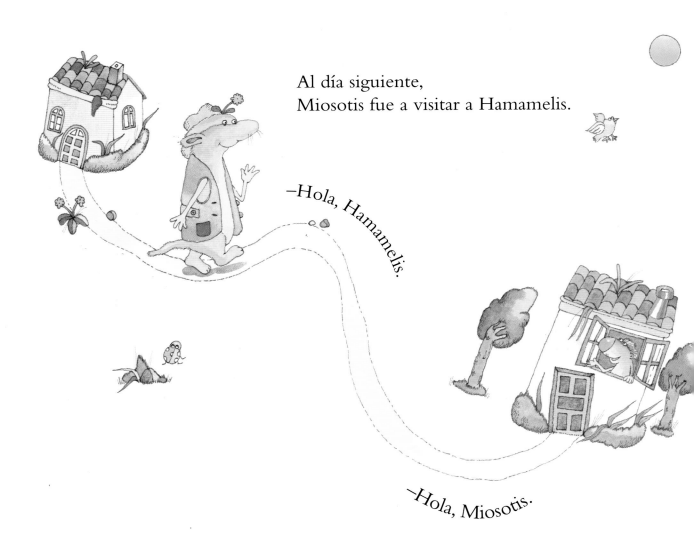

Al día siguiente,
Miosotis fue a visitar a Hamamelis.

–Hola, Hamamelis.

–Hola, Miosotis.

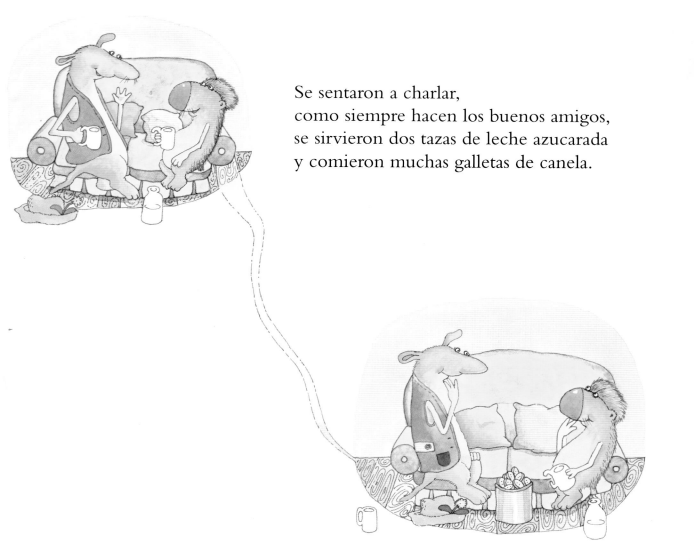

Se sentaron a charlar,
como siempre hacen los buenos amigos,
se sirvieron dos tazas de leche azucarada
y comieron muchas galletas de canela.

Entonces, Hamamelis dijo:
—Me siento triste porque mi taza preferida
se ha puesto tan vieja, tan vieja,
que se le ha roto una oreja.

Miosotis miró la taza,
tocó la porcelana áspera
donde faltaba la oreja y dijo:
—Ohhh… ése es un buen motivo
para sentirse triste.

…Y se marchó.

Y charlando, charlando, Hamamelis
se acordó de algo importante:
–Recuerdas, Miosotis,
¿recuerdas que por esta época
viene a visitarnos el señor Sorpresa?
–Tienes razón –dijo Miosotis–.
Y faltan pocos días para su llegada.
Me voy pronto a arreglar mi casa…

Hamamelis comenzó
a arreglar su casa.
Sacó el baúl que guardaba
debajo de su cama.

Tomó las velas de colores, las cintas
y las guirnaldas, y decoró la sala
como siempre lo hacía cuando era la época
en que venía el señor Sorpresa.

Miosotis recogió flores…

…y cosió
bolsas de colores
para colgarlas
detrás de las puertas,
porque es allí donde
el señor Sorpresa
mete los regalos.

Luego fue hasta la casa de Hamamelis.

–¡Ya! Ya está todo listo –dijo Miosotis.
–No –dijo Hamamelis–,
falta algo muy importante.
Tenemos que escribirle una carta
al señor Sorpresa pidiendo
los regalos que deseamos recibir.

Hamamelis y Miosotis
escribieron sus cartas,
las pusieron en un sobre…

…y las dejaron sobre el tejado de la casa
para que el viento se las llevara al señor Sorpresa.
—¿Qué le has pedido? —preguntó Miosotis a Hamamelis.
—Es una sorpresa —contestó Hamamelis.
—Y tú, ¿qué le pediste?
—Igual que tú —respondió Miosotis—, una sorpresa.

Pasó el tiempo y llegó el día
en que vendría el señor Sorpresa.

Entonces,
Miosotis fue a casa de Hamamelis.
—Hola, Miosotis.
—Hola, Hamamelis.

Charlaron un rato
y otro y otro.
Tomaron una taza
de leche azucarada
y otra y otra…
pero el señor Sorpresa
no llegaba.

Entonces, a Hamamelis
se le ocurrió algo:
—Tal vez, el señor Sorpresa
fue primero a tu casa.
—Tienes razón —dijo Miosotis—.
Vamos a ver.

Y los dos salieron a casa de Miosotis.

Al llegar descubrieron una caja de regalo
dentro de una de las bolsas de colores.
−¿Ves? El señor Sorpresa
ya estuvo aquí −afirmó Hamamelis.

Cogieron el regalo de Miosotis
y se fueron a casa de Hamamelis.
Al llegar, descubrieron en la sala
una caja de regalo.

Entonces, abrieron los paquetes.

—¡Unas pantuflas nuevas y sin agujero! —dijo Miosotis.
—¡Una taza nueva y con oreja! —dijo Hamamelis.
—¡Qué felicidad! —dijeron a la vez.

Y se preguntaron:
—¿Cómo se enteraría el señor Sorpresa
de lo que queríamos?
—Porque yo no le pedí unas pantuflas
—dijo Miosotis.

—Y yo no le pedí una taza
—dijo Hamamelis.

Entonces, se dieron cuenta de que dentro de una de las pantuflas de Miosotis, estaba la carta que había escrito Hamamelis.

Y que dentro de la taza de Hamamelis, estaba la carta que había escrito Miosotis.

Y las cartas decían así:

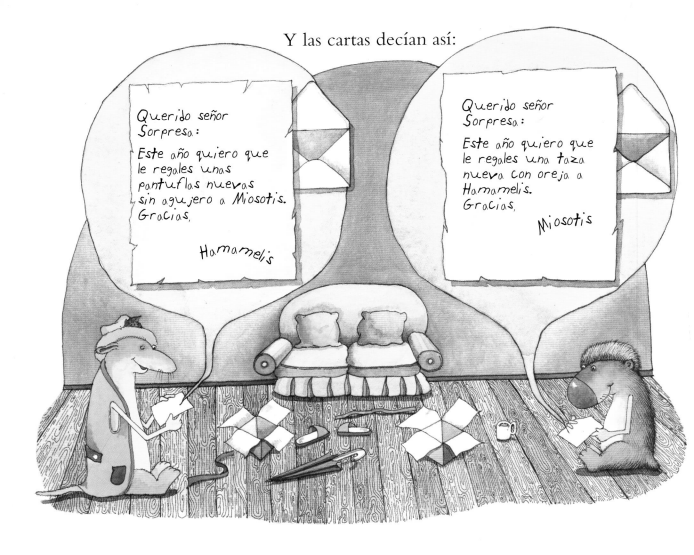

Querido señor
Sorpresa:
Este año quiero que
le regales unas
pantuflas nuevas
sin agujero a Miosotis.
Gracias,

Hamamelis

Querido señor
Sorpresa:
Este año quiero que
le regales una taza
nueva con oreja a
Hamamelis.
Gracias,

Miosotis

Miosotis y Hamamelis se abrazaron,
como hacen los buenos amigos…

...y tuvieron un motivo para sentirse muy, muy felices.

Estas páginas son un regalo para que escribas los deseos que tienes
para hacer felices a tus amigos y a las personas que más quieres.

Ivar Da Coll

Nació en Bogotá, Colombia, el 13 de marzo de 1962, hijo de padre italiano y madre de ascendencia sueca. Graduado del colegio Juan Ramón Jiménez de Bogotá. A la edad de 12 años se vinculó al grupo de títeres "Teatro de muñecos Cocoliche"; allí participó como diseñador de los muñecos y de las escenografías, y asimismo interpretó varios personajes en montajes tales como: *Los títeres de cachiporra* de Federico García Lorca; *El pájaro de fuego*, una adaptación de un cuento tradicional ruso, música de Igor Stravinsky; y *El castigo de los amantes*, una recreación de un mito amazónico por Milagros Palma.

A partir de su experiencia con el teatro de muñecos desarrolla de manera autodidacta la carrera de ilustrador y escritor de libros infantiles. En 1985, Silvia Castrillón lo invita a participar en un proyecto editorial en el cual crea la serie de *Chigüiro*, cuyo personaje principal es un roedor gigante que habita varios de los países de América Latina. A partir de este trabajo comienza escribir e ilustrar sus propias historias. Con nuevos proyectos, se vincula a casas editoriales colombianas y extranjeras, y su trabajo se empieza a conocer por fuera del país. En el año 1999, es nominado al Premio Hans Christian Andersen en la categoría de ilustración en representación de Colombia. De igual manera, ha hecho parte en tres ocasiones de la Lista de Honor de IBBY (International Board on Books for Young People), un reconocimiento a la excelencia en la autoría de obras infantiles. Hoy en día es uno de los representantes más sobresalientes de la literatura infantil colombiana.

ESTE LIBRO SE TERMINÓ DE IMPRIMIR EN
LOS TALLERES GRÁFICOS DE NOMOS IMPRESORES
EN EL MES DE OCTUBRE DE 2008.